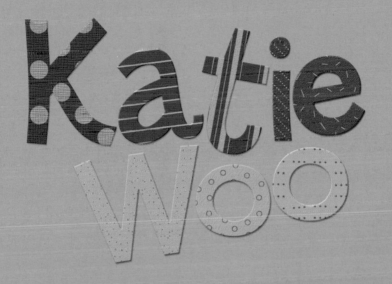

Adiós a Goldie

por Fran Manushkin
ilustrado por Tammie Lyon

PICTURE WINDOW BOOKS
a capstone imprint

Katie Woo is published by Picture Window Books

A Capstone Imprint

1710 Roe Crest Drive

North Mankato, MN 56003

www.capstonepub.com

Text © 2013 Fran Manushkin

Illustrations © 2013 Picture Window Books

Library of Congress Cataloging-in-Publication Data
Manushkin, Fran.
    [Goodbye to Goldie. Spanish]
    Adiós a Goldie / por Fran Manushkin ; ilustrado por Tammie Lyon.
    p. cm. -- (Katie Woo)

  Summary: Katie Woo aprende diferentes maneras de sobrellevar la muerte de su perra.

  ISBN 978-1-4048-7524-1 (library binding) -- ISBN 978-1-4048-7676-7 (pbk.)

  1. Death--Juvenile fiction. 2. Grief--Juvenile fiction. 3. Dogs--Juvenile fiction. 4. Chinese Americans-
-Juvenile fiction. [1. Death--Fiction. 2. Grief--Fiction. 3. Dogs--Fiction. 4. Chinese Americans--Fiction. 5.
Spanish language materials.] I. Lyon, Tammie, ill. II. Title.
 PZ73.M232 2012
 [E]--dc23

                                        2011048110

Graphic Designer: Emily Harris

Photo Credits

Fran Manushkin, pg. 26

Tammie Lyon, pg. 26

Printed in China.
032012
006677RRDF12

✿ Tabla de contenidos ✿

Capítulo 1
Una perra estupenda

La perra de Katie Woo,

Goldie, era muy vieja.

Un día, Goldie
se enfermó
gravemente. Una
semana después,
ella murió.

La mamá de
Katie abrazó a
Katie
mientras
ella
lloraba.

"Voy a extrañar mucho a Goldie", lloró Katie. "Ella era mi mejor amiga".

La amiga de Katie, JoJo,

la abrazó. "Yo también voy

a extrañar a Goldie", dijo

JoJo. "Ella era la perra más

amorosa del mundo".

"¡Sí lo era!" concordó Pedro.

"A Goldie le encantaba correr por la playa", dijo Pedro.

"No teníamos que ir al mar para mojarnos", dijo JoJo. "¡Goldie solo sacudía su pelaje y nos mojaba a todos!"

"Goldie también era fabulosa en la nieve", dijo Pedro. "Lanzábamos bolas de nieve y ella trataba de atraparlas en su boca".

Capítulo 2
Una cola meneadora

"Cuéntame más historias

sobre Goldie", dijo Katie.

JoJo sonrió. "¡Eso es fácil!

Hay muchísimas".

"En Acción de Gracias, Goldie se comió mi pata de pavo", dijo JoJo. "¡Me di vuelta y había desaparecido!"

"Goldie era inteligente", dijo Katie. "¡Y rápida!"

"Goldie era divertidísima
en Halloween", dijo Katie.
"¿Te acuerdas cuando se
puso un disfraz de mofeta?
¡Ella corrió por todos lados
y asustó a todos los otros
perros!"

"A Goldie le encantaba hacerme cosquillas en la cara con su cola", dijo JoJo.

"También quitaba el polvo de la mesa con ella", bromeó la mamá de Katie.

"¡Y de mi computadora!" agregó el papá de Katie.

"Su cola casi nunca

dejaba de menear", dijo

Katie.

"Goldie y yo
teníamos miedo
de los truenos",
gritó Katie.

"Pero cuando
nos abrazábamos las dos nos
sentíamos mejor".

"Goldie era muy cariñosa",
concordó la
mamá de
Katie.

El papá de Katie le mostró
una foto. Fue tomada
cuando ella y Goldie eran
pequeñas. Estaban comiendo
hot dogs juntas.

"Esta foto es excelente",
dijo Katie. "Me encanta
mirarla".

Capítulo 3
El álbum de recuerdos

JoJo tuvo una idea.

"Debemos hacer para Katie

un álbum de recuerdos con

Goldie. Ella lo puede mirar

cuando se sienta triste".

La mamá de Katie encontró
dos fotos de Goldie y Katie. En
una, ellas estaban jugando a
atrapar la pelota.

En la otra, ellas eran muy
pequeñas. Estaban tomando
una siesta en el césped.

Katie hizo un dibujo de

Goldie atrapando palomitas

de maíz en su boca.

"¡Ella era buenísima para

eso!" dijo Katie sonriendo.

"¡Nunca erraba!"

"Goldie también

podía saltar a la

cuerda", dijo JoJo.

"¡Y patear una pelota de fútbol!"

"¡Y casi atrapar ardillas!"

agregó Pedro.

Persiguiendo ardillas

"Goldie vivió una vida

larga y feliz", dijo la mamá

de Katie.

"Sí que lo hizo", dijo Katie.

Esa noche a la hora de ir a la cama, Katie sostuvo la foto de Goldie y le dio un beso de buenas noches.

"Goldie, siempre te recordaré", prometió Katie.

Y ella siempre lo hizo.

Acerca de la autora

Fran Manushkin es la autora de muchos
cuentos populares, incluyendo *How
Mama Brought the Spring*; *Baby, Come
Out!*; *Latkes and Applesauce: A Hanukkah Story*; y
The Tushy Book. Katie Woo es real –ella es la sobrina nieta de
Fran– pero nunca entra ni en la mitad del lío de la Katie Woo de
los libros. Fran escribe en su adorada computadora Mac en la
Ciudad de Nueva York, sin la ayuda de sus dos gatos traviesos,
Cookie y Goldy.

Acerca de la ilustradora

Tammie Lyon comenzó su amor por el dibujo a una edad
temprana mientras pasaba tiempo
en la mesa de la cocina junto a su
padre. Su amor por el arte continuó
y eventualmente asistió al Columbus
College of Art and Design, donde obtuvo
su título de licenciatura en arte. Después
de una carrera profesional breve como
bailarina de ballet profesional, decidió
dedicarse completamente a la ilustración. Hoy, vive con su
esposo Lee en Cincinnati, Ohio. Sus perros, Gus y Dudley, le
hacen compañía en su estudio mientras trabaja.

✿ Glosario ✿

el álbum de recuerdos — un libro con páginas en blanco que guarda fotos u otros artículos que deseas guardar

la computadora — una máquina que almacena grandes cantidades de información

el disfraz — ropa usada para parecerse a alguien o a otra cosa

la foto — una fotografía tomada con una cámara

el trueno — sonido fuerte que viene después de un relámpago

❀Preguntas para discutir❀

1. ¿Has tenido que decirle adiós a alguien? ¿Cómo te hizo sentir?

2. El libro lista muchas cosas que le gustaban hacer a Goldie. ¿Qué otras cosas le gustan hacer a los perros?

3. ¿Si pudieras tener cualquier tipo de mascota, qué tipo de mascota elegirías?

❀Sugerencias para composición❀

1. Goldie era la mejor amiga de Katie. ¿Qué tipo de cosas haces con tus amigos? Haz una lista.

2. Goldie se disfrazó como una mofeta para Halloween. Piensa en otro disfraz para Goldie y haz un dibujo de ella usándolo. Escribe una oración para explicar por qué sería un buen disfraz para Goldie.

3. Katie recuerda a Goldie con un álbum de recuerdos. Otra manera de recordar algo es escribir acerca de eso en un diario. Empieza tu propio diario y escribe algo que deseas recordar.

Divirtiéndonos con Katie Woo

En *Adiós a Goldie*, Katie y sus amigos hacen un álbum de recuerdos sobre su perra, Goldie. Haz tu propia página de álbum de recuerdos. Hazlo de la siguiente manera:

1. Reúne tus artículos

Necesitarás un pedazo de papel, crayones, marcadores, un tubo de pegamento, fotos, calcomanías y cualquier otra cosa que desees usar para decorar tu página. Cualquier tipo de papel es bueno, pero si deseas que tu página dure para siempre, pide a un adulto papel libre de ácido.

2. Elije un tema

¿De qué se tratará tu página? Un abuelo, un libro favorito o una vacación familiar, son todos temas divertidos.

3. Comienza a trabajar

Elije las fotos que deseas incluir. ¿Deseas incluir notas para describir tus fotos? ¿Quieres incluir algunas calcomanías? Antes de pegar, coloca tus artículos en la página para ver si entran. Luego usa el pegamento para pegarlos.

Una vez que terminas la página puedes colocarla en un álbum. Luego puedes agregar más páginas y construir todo un álbum de recuerdos. O trata a tu página como una obra de arte y cuélgala para que todos la vean.